Samuel Back

Joseph Albo's Bedeutung in der Geschichte der jüdischen Religionsphilosophie

SALZWASSER VERLAG

Samuel Back

Joseph Albo's Bedeutung in der Geschichte der jüdischen Religionsphilosophie

Unveränderter Nachdruck der Originalausgabe von 1869.

1. Auflage 2022 | ISBN: 978-3-37501-556-5

Verlag: Salzwasser Verlag GmbH, Zeilweg 44, 60439 Frankfurt, Deutschland
Vertretungsberechtigt: E. Roepke, Zeilweg 44, 60439 Frankfurt, Deutschland
Druck: Books on Demand GmbH, In de Tarpen 42, 22848 Norderstedt, Deutschland

JOSEPH ALBO'S

Bedeutung

in der Geschichte

der

jüdischen Religionsphilosophie.

Ein Beitrag

zur genauern Kenntniss der Tendenz des Buches

„IKKARIM"

von

Dr. Samuel Back.

BRESLAU.
BRUNO HEIDENFELD,
Junkernstrasse Nr. 35.
1869.

Dem tiefen Denker,

dem unermüdlichen Forscher,

dem Förderer der jüdischen Religionsphilosophie,

Sr. Hochwürden

Herrn

DR. M. JOËL,

Rabbiner der israelitischen Gemeinde zu Breslau,

in wahrer Hochachtung

gewidmet

vom Verfasser.

EINLEITUNG.

Der Zeit, in der Albo lebte (von ungefähr 1380—1444),[1] hat die Philosophie eben so wenig, als die Real-Disciplinen einen Aufschwung zu verdanken. Ja, sie war gerade in Bezug auf speculative Production am unfruchtbarsten; die Philosophie war zur vollständigen Stagnation verurtheilt. Wohl ging die jahrhundertelange despotische Herrschaft der Scholastik, durch deren spitzfindige Haarspalterei die Dialektik in ein leeres Wortgeklingel ausgeartet war, ihrem Ende oder doch wenigstens einer gründlichen Umwälzung entgegen, wohl tauchen schon in dieser Zeit hie und da einzelne Erscheinungen auf, die ein wahrhaft wissenschaftliches Streben bekunden, die uns zeigen, wie der menschliche Geist nach Befreiung von diesem drückenden Joche ringt und den Umfang seiner Speculationen allmälig zu erweitern beginnt, so dass die dogmatischen Säulen der Scholastik zu wanken anfingen; aber das Licht der Aufklärung konnte doch noch nicht in das verfinsterte Gebäude der Philosophie eindringen. Denn einen inneren Feind verlor

---

[1] Siehe das Neueste hierüber in Grätz's Geschichte der Juden. Bd. VIII. S. 168 die Anmerkung daselbst.

die Philosophie und ein äusserer entstand ihr in der Hierarchie, die für die erstere anstatt der Lichtstrahlen Bannstrahlen hatte. Waren es früher Grenzpfähle, die dem philosophischen Geiste bei seinen Speculationen gesetzt wurden, so verbannte man ihn jetzt vollends aus dem Gebiete der Forschung. Die Parole war: Stat pro ratione voluntas. Unter solchen Umständen, in einer solchen Zeit priesterlicher Censur blieb den Denkern nichts Anderes übrig, sollte das Interesse am Philosophiren nicht ganz ersterben, als die Differenzen zwischen dem geoffenbarten Glauben und der vernünftigen Forschung, natürlich zumeist auf Kosten der letztern, auszugleichen. Wir können daher in dieser Periode von einer eigentlichen, reinen, unabhängigen Philosophie kaum reden. Sie wurde vielmehr zum Aggregat der verschiedenen Religionsbücher degradirt, und so viel Religionen es gab, so viel Philosophieen gab es. Jeder suchte sie nach dem Modell seiner Religion zuzustutzen, denn sie sollte ja nur das Prunkgewand, die goldene Schale sein, in der der Kern, die Religion, geschützt vor äusseren Angriffen, ruhen sollte; was dieser nicht angepasst werden konnte, das wurde unerbittlich zum geistigen Tode verurtheilt. Anerkennung der Religion als ultima ratio, das war die conditio sine qua non. Und so wurde in nomine Dei philosophirt. Es ist darum zur richtigen Beurtheilung der geistigen Producte dieser Periode mehr als irgend anderswo geboten, den Charakter der Zeit, in der sie geschaffen wurden, sich zu vergegenwärtigen. Denn die Richtigkeit des Urtheils hängt vor Allem von der Richtigkeit des dabei angelegten Massstabes ab; der richtige Massstab aber wird nur dann gefunden, wenn man die Verhältnisse, mit welchen der damalige Denker zu rechnen hatte, genau in's Auge fasst und berücksichtigt; erst dadurch erkennt man in ihrer ganzen Grösse die Verdienste eines Mannes, der in einer solchen Zeit der Gedankensklaverei den Muth und die Ausdauer dazu hatte, die geistige Finsterniss mit seinem hellen Verstande zu durchbrechen.

Ein solcher Freiheitskämpfer auf dem Gebiete jüdisch-
philosophischer Forschung war Albo. Er war, wie wir
uns bemühen werden, durch Belege darzuthun, der Erste
unter den jüdischen Denkern, der es kühn wagte, die
Philosophie der Religion im Principe vollständig zu coordiniren, oder besser, mit ihr zu identificiren; — der, ohne die
Religion fallen zu lassen, der Philosophie einen ihrer wür-
digen Platz neben oder besser in der Theologie einräumte.
Während er bei der Disputation zu Tortosa[2]) in Catalonien
einer der kühnsten Vertheidiger der jüdischen Theologie
gegen die fanatischen Angriffe des Apostaten Geronimo de
Santa Fé war,[3]) trat er als Geistesheld dem jüdischen Ob-
scurantismus mit den scharfen Waffen der Philosophie entgegen und schrieb das Buch »Jkkarim« (Stamm-Grundlehren)
wo er mit seltener Klarheits- und Wahrheitsliebe dem
damals ziemlich verbreiteten Mysticismus energisch zu Leibe
geht. Philosophische Schöpfungen (soweit man überhaupt
bei Religionsphilosophen von solchen reden kann), würden
wir in diesem Buche vergeblich suchen. Das philosophische

---

[2]) Ausführlicheres über diese merkwürdige Disputation, die der
Papst Benedictus XIII. mit Bewilligung des Königs Don Fernando ver-
anstaltete, und die sich mit geringen Unterbrechungen vom Februar
1413 bis 12. November 1414 hinzog, findet man in Grätz's Geschichte der Juden, Bd. XIII, S. 124—133, Quellenangabe Note 3.

[3]) Rodriguez de Castro, der in seiner Biblioth. Espan. I,
ed. Madrid 1781, Auszüge aus den im Escorial liegenden lateinischen
Protokollen der Verhandlung mittheilt, berichtet p. 222: »In sexa-
gesima septima sessione (sc. congregationis) Rabbi Astruch nomine
omnium Judaeorum dedit unam cedulam, in qua continebatur, quod
nesciebant defendere dictas abominationes (Talmud) nec dabant fidem
illis et omnes Judaei asseruerunt, quod erant concordes in dicta respon-
sione exceptis duobus Judaeis Rabi Ferrer et Joseph Albo.«
Auf derselben Seite bringt er auch den Wortlaut der Erklärung. Siehe
die in der vorigen Anmerkung citirte Note bei Grätz, cf. Bartolocci.
Biblioth. magn. rabb., ed. Rom. 1675—93, T. III, p. 776 sq. Vergl.
auch Geiger in Breslauer's Jahrb. von 1852, S. 50, ed. Breslau,
Leuckart.

Material ist, wo es sich um die philosophische Begründung religiöser Doctrinen handelt, zumeist dem Maimonides (geb. 1135, st. 1204), wo es sich wieder um die Destruction Aristotelischer Thesen handelt, seinem Meister Don Chasdai Creskas[4]), dem Verfasser des »Or Adonai«[5]) (Gotteslicht) (ed. Ferrara 1556. 4. Wien 1860), entnommen.[6]) Wenn man diese Seite Albo's in Betracht zieht, erscheint er freilich als ein Zwerg, der auf den Schultern dieser beiden Riesen jüdischer Wissenschaft steht und für den Entwicklungsgang der jüdischen Philosophie von gar keiner Bedeutung ist. Aus diesem Grunde haben wir in dieser Abhandlung, deren Zweck es ist, Albo's Bedeutung in der Geschichte der jüdischen Religionsphilosophie zu zeigen, den philosophischen Theil des Buches »Jkkarim« von dem Kreise unserer Betrachtung ausgeschlossen.[7]) Worin aber Albo's nicht genug

---

[4]) Geb. um 1340, starb um 1410. Albo selbst nennt ihn seinen Lehrer, Jkk. I, 26 u. III, 16.

[5]) Siehe über dieses Buch Joël's treffliche Arbeit unter dem Titel: »Don Chasdai Creskas' religionsphilosophische Lehren. Breslau, 1866, ed. Skutsch. Wir werden im Verlaufe unserer Abhandlung noch Gelegenheit haben, auf dieses Buch zurückzukommen.

[6]) Hinsichtlich Maimunis bedarf es keines Nachweises, da Albo selbst bei jedesmaliger Benutzung Maimunischer Gedanken ihn namentlich erwähnt, bezüglich Chasdais müssten wir die betreffenden zahlreichen Stellen in »Jkkarim« und »Or-Adonai« gegenüberstellen, was uns hier der Raum nicht gestattet. Nur die zwei wichtigsten Stellen wollen wir hier hervorheben. Die Kritik, die Albo Abschnitt II, c. 17 an der Aristotelischen Raumlehre: τὸ τοῦ περιέχοντος πέρας ἀκίνητον πρῶτον, Phys. IV, 4 sq, übt, findet sich im Or Adonai, Trakt I, Abschnitt 2, c. 1, dann die Jkkarim, Abschnitt 2, c. 18, vorkommende Abhandlung über die Aristotelische Definition der Zeit: ἀριθμὸς κινήσεως κατὰ τὸ πρότερον καὶ ὕστερον, Phys. IV, 10, findet man Or Adonai, Tr. 1, Abschnitt II, c 11, was schon Albo's Commentator Lipschütz bemerkte.

[7]) Die philosophischen Fragen, in welchen Albo als selbstständiger Denker auftritt, behandeln wir in einer besondern Abhandlung, die wir als zweiten Theil in Kurzem dieser Arbeit folgen zu lassen gedenken.

hoch anzuschlagende Bedeutung für die jüdische Religionsphilosophie besteht, das ist in der Methode, wie er das Gewicht
eines religiösen Satzes nach philosophischen Principien bestimmt und so die Philosophie zum unentbehrlichen Commentar der Theologie macht. Nur der hierauf bezügliche
Theil seines Buches soll uns hier beschäftigen. Darin unterscheidet sich Albo von allen seinen Vorgängern. Die bisherigen jüdischen Denker liessen sich bei ihrem Raisonniren
von dem Grundgedanken leiten, dass der Inhalt der Theologie a priori gegeben sei und an den Menschen als cate-
gorischer Imperativ herantrete. Diesen bestimmten Inhalt
systematisch zu ordnen, das war die Aufgabe, die sie sich
stellten. Mit der Systematisirung dieses Inhaltes war für
sie das Gebäude in sich fertig und abgeschlossen. Die
Philosophie hingegen war den Meisten nur die Arabeske
zur äusseren Verzierung dieses Baues, oder man betrachtete
sie höchstens als das schützende Dach desselben, das ihn
gegen etwaige hereinbrechende Stürme schützen sollte, so
dass für sie von Hause aus Religion und Speculation zwei
von einander ge- und verschiedene Disciplinen waren.
Die naturgemässe Folge hiervon war, dass sich ihnen bald
der Inhalt der Religion als den Resultaten der Speculation
heterogen herausstellte. Um den so entstandenen theo-
logisch-philosophischen Conflict beizulegen, blieb ihnen, da
sie nun einmal diesen bestimmten Inhalt mit apodiktischer
Gewissheit angenommen hatten, nichts Anderes übrig, als
die Resultate der Philosophie dem nun einmal feststehenden
Religionsinhalte durch verschiedene Operationen zu accom-
modiren. Die Kluft war einmal vorhanden, sie konnten sie
nur, der Eine mehr, der Andere weniger, überbrücken, aus
der Welt schaffen konnten sie sie nicht. Ihre Methode war
daher eine mehr analytische. Albo hingegen erkannte es,
dass bei ungleichen Principien sich unmöglich gleiche Resultate ergeben können. Sein Streben ging daher dahin,
Religion und Philosophie in ihren Principien zu identificiren; bisher identificirte man ihre Resultate, Albo identi-

ficirte ihre Principien. Das Ziel der bisherigen jüdischen
Denker war ein philosophisch reformirtes Judenthum, Albo
wollte ein philosophisches Judenthum. Seine Methode ist
daher eine mehr synthetische. Nach Albo giebt die Philosophie der Theologie den Inhalt. Die Philosophie ist also
das Baumaterial, aus welchem das Gebäude der Theologie
besteht. Darin liegt der nicht genug anzuerkennende Fortschritt, der sich in Albo's Buche kundgiebt, dass er der
jüdischen Religion nicht nur eine philosophische Grundlage,
sondern die Philosophie κατ' ἐξοχήν zum Inhalte gegeben hat.
Ein Umstand, der unseres Wissens noch von Keinem er-
wogen wurde. Anstatt, wie es bisher geschah, der Philosophie durch die Theologie Grenzen zu ziehen, setzte er
der Theologie durch die Philosophie ein Ziel. Die Grenzen
der Theologie fallen nach Albo mit den Grenzen der Philosophie zusammen. Wo das Reich der Philosophie aufhört,
dort können und brauchen wir auch nicht mehr der Theologie zu folgen, weil ihr bei Ermangelung der erstern aller
Inhalt fehlt; sie kann und darf daher nichts Unfassbares
zum Inhalte haben.[8] Nach dieser Seite hin wüssten wir
keinen zweiten jüdischen Denker ihm an die Seite zu stellen,
der einen ähnlichen Fortschritt in der Geschichte der
jüdischen Theologie bezeichnen möchte. Albo ist der Cartesius der jüdischen Theologie. Wenn seine Speculation
auch nicht den Höhepunkt der Cartesianischen erreicht
hat, oder besser, erreichen konnte, so sind sie doch beide
von einem gemeinsamen Grundprincipe ausgegangen. Was
Cartesius später in der Philosophie zum ersten Male ausgesprochen hat, das hat Albo zwei Jahrhunderte früher in
der Theologie zuerst ausgesprochen. Wie Cartesius aus der
Philosophie, so wollte Albo aus der Theologie den Dogmatismus entfernen, Nichts a priori gelten zu lassen, was nicht

---

[8] Cf. Jkk. Abschnitt II, c. 1. Wir werden im Verlaufe unserer
Abhandlung Gelegenheit haben, dem Leser den Wortlaut dieser cha-
rakteristischen Stelle anzuführen.

in der Philosophie begründet ist. Freilich war Albo's Plan noch schwieriger auszuführen, als der des Cartesius, und wenn es dem letzteren nicht gelungen ist, den Dogmatismus aus der Philosophie vollständig zu entfernen, so konnte es Albo der Theologie gegenüber noch weniger gelingen; aber der Versuch war einmal gemacht. Und wenn mit Albo kein Wendepunkt in der Geschichte der jüdischen Religionsphilosophie eingetreten ist, so war der Charakter seiner Zeit dazu nicht qualificirt. Albo's Saat brauchte, um zu gedeihen, einen anderen Boden, als den mittelalterlichen.

Ueber die äusseren Lebensumstände unseres Autors geben uns die Chronographen, die zeitgenössischen wie die späteren, gar keinen Aufschluss. Nicht einmal seinen Geburtsort können wir mit Bestimmtheit angeben. Die allgemeine Annahme, wonach Monreal[9]) seine Geburtsstadt wäre, beruht auf dem Umstande, dass er als Abgesandter der dortigen jüdischen Gemeinde bei der Disputation zu Tortosa figurirt. Man sieht die Schwäche dieser Vermuthung. Nur das wissen wir durch Albo's eigene Angabe in der Einleitung seines Buches, dass er zur Zeit der Abfassung desselben in Soria in Altcastilien war.[10]). Noch weniger können wir Etwas über seine Abstammung mittheilen. Dem Namen Albo begegnen wir nur noch einmal in der jüdischen Literatur.[11])

---

[9]) Die jüdische Gemeinde zu Monreal muss im 14. Jahrhundert eine sehr bedeutende gewesen sein. Salomo ibn Verga erzählt in seinem »Schebeth Jehuda«, ed. Wiener, Hannover 1855—56, S. 6 (in der Uebersetzung S. 10), dass die Juden daselbst so zahlreich waren, dass sie in den bekannten Hirtenkriegen des 14. Jahrhunderts den Hirten durch ihre numerische Uebermacht eine Niederlage beibrachten.

[10]) Es heisst daselbst: ‏»ולפי שראיתי אני הצעיר יוסף אל״בו היושב פה שור״יאה‎

[11]) Seder ha-Doroth erwähnt einen Rabbi Jacob Albo aus Florenz, als Verfasser eines Buches »Tholedoth Jacob« (Vened. 1609) cf. Schles. Einleitung.

Besser sind wir über die Abfassungszeit des Buches
Jkkarim unterrichtet. Nach Zurita wäre es 1425,[12]) nach
Zakuto 1428,[13]) verfasst. Doch Einen Umstand scheinen die
jüdischen Geschichtsforscher hierbei bisher ausser Acht gelassen zu haben. Dass der erste Abschnitt des Buches, der
von den Grundprincipien des Staates, den allgemeinen Prin-
cipien aller Religionen und den besondern der jüdischen
Religion abhandelt, ursprünglich für sich allein ein Werk
bildete, das sagt uns Albo deutlich am Schlusse des ersten
Abschnittes. Daselbst heisst es: »Lob dem Allmächtigen
der uns bis hieher geholfen. Unsere Absicht, in diesem
Werke die Grundlehren, Haupt- und Folgesätze (der Religion) zu erörtern, ist hier schon erreicht. Jedoch auf
Wunsch meiner rechtgläubigen und forschungsliebenden
Freunde und Genossen, die mich darum ersuchten, das
Wesen dieser Grundlehren sammt den Haupt- und Folge-
sätzen, die sich aus ihnen ergeben und mit ihnen desshalb
im Zusammenhange stehen, auf eine sichere und der religiösen Forschung entsprechende Weise näher zu erklären,
habe ich das Werk vergrössert und noch drei weitere Abschnitte hinzugefügt. Und daher bestimmte ich es am Anfange des Werkes, sie weiter noch näher zu erörtern.«[14])
Man sieht schon hieraus, dass das Werk mit Ende des
ersten Abschnittes eigentlich schon zum Abschlusse ge-
bracht war. Und in der That finden wir schon im ersten
Abschnitte das ganze Albo'sche System, nicht nur in seinen
Hauptzügen, sondern nach seinem ganzen Umfange klar

---

[12]) Cf. Schles. Einleitung zu Jkkarim.

[13]) Cf. Grätz's Geschichte der Juden, Bd. VIII, Seite 168 in der
Note daselbst.

[14]) והשבח לאל אשר עד הנה הגיע מה שהיתה כוונתנו לבאר מענין העקרים
והשרשים המסתעפים מהם בחבור הזה ואולם לבקשת אוהבי ורעי מן
המאמינים ובעלי העיון בקשו ממני לבאר להם הבנת העקרים האלו ושרשיהם,
והדברים המסתעפים מהם והנלוים אליהם בדרך נכונה וקרובה אל העיון התורי
הגדלתי והוספתי עוד השלשה מאמרים אחרים הנמשכים לזה ועל כן יעדתי
בתחלת הספר לבאָרם

und deutlich auseinandergesetzt. In den folgenden drei Abschnitten finden wir fast gar keine originelle Gedanken mehr, da ist Albo nur mehr Compilator. — (Wir haben es auch darum hier fast ausschliesslich mit dem ersten Abschnitte zu thun.)

Aber noch ein anderer Umstand scheint dafür zu sprechen, dass der erste Abschnitt viel früher abgefasst wurde, als die drei folgenden. Es ist bemerkenswerth, welche Pietät Albo bei Erwähnung verstorbener Männer beobachtet. Er unterlässt es nie, das übliche „זכרונו לברכה‟ (seligen Andenkens) dem Namen hinzuzufügen; selbst wenn er den Namen desselben Autors erst eine Zeile vorher mit dieser Formel begleitete, ja sogar, wenn er gar nicht den Namen, sondern nur die Meinung desselben Mannes, den er erst kurz vorher erwähnte, reproducirt, fügt er immer wieder diese Pietätsformel hinzu, so dass sie fast auf jeder Seite zwanzig- bis dreissigmal sich wiederholt.[15]) Während wir Abschnitt I, c. 26, bei Erwähnung seines Lehrers Chasdai Creskas diese Pietät vermissen.[16]) Warum sollte er die gegen Jeden beobachtete Pietät grade seinem Lehrer gegenüber ausser Acht gelassen haben? Nun erwähnt er ihn aber noch einmal Abschnitt III., c. 16; dort heisst es schon »und so schrieb auch mein Lehrer Rabbi Chasdai seligen Andenkens.[17]) Man übersehe auch

---

[15]) Die zahlreichen Stellen zu citiren, würde den Raum eines ganzen Buches erfordern und ist zudem überflüssig, da sich der Leser auf der ersten besten Seite des Buches von der Richtigkeit des im Texte Gesagten überzeugen kann; zwei Stellen jedoch sollen hier Platz finden, weil sie zeigen, wie heilig Albo das Pietätsgefühl gegen die Verstorbenen war und unser Beweis dadurch bekräftigt wird. So heisst es Abschnitt I, c. 15: כמו שכתב הר‟מבם זכרונו לברכה וכמו שהסכימו כל ferner Abschnitt III, c. 30: זהו דעת הר‟מבן ז‟ל האחרונים זכרונם לברכה bald ודעת הר‟מה ז‟ל וכת מהאחרונים שנמשכו אחר דעתם זכר כולם לברכה darauf wieder: שכתב ה‟רר אהרן הלוי ז‟ל

[16]) Es heisst daselbst: וכן דעת מורי ה‟רר חסדאי קרש‟קש Einige Zeilen nachher heisst es wieder: כמו שמנה אותם הר‟מבם ז‟ל

[17]) וכן כתב מורי הרכ רבי הסדאי ז‟ל

nicht, dass es Abschnitt I. heisst: »so ist auch die Ansicht meines Lehrers« (וכן דעת מורי) und Aschnitt III., »so
schrieb auch mein Lehrer« (וכן כתב מורי). Es würde sich
daraus ergeben, da wir ohnedies nachgewiesen haben, dass
ursprünglich der erste Abschnitt für sich allein ein Werk
bildete, dass sein Lehrer Chasdai bei Abfassung des ersten
Abschnittes noch lebte, daher hier bei seinem Namen das
Sicherono li-Berachah fehlt, bei der Abfassung der drei
weiteren Abschnitte hingegen war er bereits todt, wie wir
aus dem dort seinem Namen beigefügten »Sicherono li-
Berachah« sehen. Ist es nun erwiesen, dass der erste Abschnitt des »Jkkarim« bei Chasdais Lebzeiten abgefasst ist,
so entfernen wir uns auch damit nicht von der Wahrheit,
wenn wir, zur Erklärung der oben bemerkten verschiedenen Ausdrucksweise von וכן דעת מורי des ersten und
וכן כתב מורי des dritten Abschnittes, weiter annehmen, dass
Chasdai seinen »Or Adonai« später beendete, als Albo den
ersten Abschnitt des »Jkkarim«, da Chasdai erst in seinem
Todesjahre (1410) sein Werk beendete.[18] Es müsste demnach der erste Abschnitt des »Jkkarim« vor 1410 geschrieben sein, also nach Zurita 15, nach Zacuto 18 Jahre früher,
als die spätern drei Abschnitte.

Gedruckt wurde das Buch »Jkkarim« zuerst in Soncino 1485, f.
Seitdem wurde es sehr häufig aufgelegt. 1618 erschien es zum
ersten Male mit einem dürftigen hebräischen Commentar »Ez
Schathul« von Gedalja Lipschütz, Ven. f. 1844 erschien in
Frankfurt a. M. eine deutsche Uebersetzung davon mit einer Einleitung von Schlesinger. Das Verdienst, das er sich in der
Einleitung durch manche treffliche Bemerkung, namentlich
durch die Feststellung des Todesjahres Albo's erworben, ver-
scherzte er sich wieder in der Uebersetzung durch ihre
Oberflächlichkeit. Unsere Abhandlung wird uns oft Gelegenheit bieten, auf dieselbe zurückzukommen. Die gegen

---

[18] Vid. Grätz's Geschichte der Juden, Bd. VIII, Seite 414, in den
Noten, ferner Joël's Chasdai Creskas, S. 82, Note 4.

das Christenthum polemischen Theile des Buches wurden
oft ins Lateinische übertragen und widerlegt (vergl. die
Bibliographen). Wie schnell der Ruf des »Jkkarim« sich
verbreitet hat, können wir daraus ersehen, dass Joël ibn
Schoaib aus Aragonien, der 1485, also zur Zeit der Princeps-
Edition des »Jkkarim,« lebte, in seinen Ven. 1576 edirten
Vorträgen (Deraschoth) Seite 3 a es schon: das rühmlichst
bekannte Buch nennt.[19])

Von den bei Schles. angeführten nichtjüdischen Denkern, die Albo erwähnen, nennen wir nur Hugo Grotius; er
erwähnt ihn in seinen Annotationes in Matth. c. V., v. 20.
Dort heisst es: Josephus Albo Judaeus hac de re disputans
ait . . . hierauf bezogen, sagt er dann: Haec ille acerrimi
judicii Judaeus. In seinen Briefen ersucht er einen Freund,
die Uebersetzung des »Jkkarim« zu veranlassen. Epist. 311
beginnt: Est in hac urbe, vir optime, Michael Gellingus . .
In Rabbinicis scriptis vertendis video eum feliciter versari.
Et velim ab eo verti librum Josephi Albi de Fundamentis.
Es fehlte dem Buche natürlich auch im jüdischen Lager
nicht an Gegnern. Abrabanel, Elia del Medigo u. A. griffen
Albo wegen seiner kühnen Sätze heftig an, was, wie immer,
den Ruhm des Buches nur förderte. So ist es heute noch
das populärste Buch der jüdisch-philosophischen Literatur.

---

[19]) Es heisst das.: וכבר הניח זה יוסף אלבו בספרו המפורסם. Dukes, im
Literaturbl. des Orient, Jahrgang 1848, C. 302, liest irrthümlich für
Albo Albalag, was schon Beer in seiner mit Anmerkungen versehenen
deutschen Uebersetzung von Munk's »La philosophie chez les Juifs,«
ed. Leipzig 1852, S. 77 berichtigt.

Die Feststelluug der Grundprincipien der jüdischen
Religion hatten schon vor Albo die grössten jüdischen
Denker sich zur Aufgabe gemacht. Maimuni war der Erste,
der den »Wurzeln« des weit verzweigten Baumes der jüdischen Religion eifrig nachgrub[20]). Sein scharfer Geist war
zu tief in den Boden des Glaubens eingedrungen; er konnte
sich nicht mehr auf der Oberfläche erhalten; er suchte den
letzten Grund des Glaubens zu erforschen. Die Resultate
seiner Forschungen legte er dann seinen Glaubensgenossen
in concisen Formeln als die Quintessenz der jüdischen
Religion vor. Maimuni wollte damit den Kern der jüdischen

---

[20]) Das Streben der früheren jüdischen Religionsphilosophen ging
weniger dahin, die Wurzeln der Religion, als vielmehr die Wurzeln
der Tradition in der Religion, aufzufinden. Ueberhaupt sind ihre Ar-
beiten mehr propädeutischer Natur.

Saadias (892—942) Verfasser des ersten bedeutenden religionsphilosophischen Werkes (rabbanitischerseits) »Emunoth we-Deoth,«
Bachja ben-Joseph, Verfasser des »Choboth ha-Lebaboth« (1050—1060),
Jehuda-ha-Lewi (c. 1105—1145), Verfasser des »Kusari,« Abraham-ibn
Daud, Verfasser des »Emunah Ramah« (1160—1161), so verdienstvoll
auch die Leistungen dieser Männer, besonders Saadias und ibn Daud's
sind, sie entbehrten doch alle des organisatorischen Talents Maimunis,
um die Resultate ihrer Forschungen planmässig in ein System zusam-
menfügen zu können. Die Gedanken liegen in ihren Werken zerstreut
und isolirt wie Inseln im Meere. Auch die Karäer versuchten es,
namentlich Jehudah ha-Dassi in seinem »Eschkol ha-Kopher,« die
Principien der Religion zu fixiren, es blieb aber nur beim Versuch.

Religion seinen Glaubensgenossen tief einprägen.[21]) Ein Unternehmen, das von solch vitalem Charakter für die Religion war, musste natürlich bald die besten jüdischen Köpfe zur strengen Untersuchung herausfordern. Eine allgemeine Bewegung herrschte fortan im jüdischen Lager: es wurden Gründe dafür und dawider geltend gemacht. Viele waren der Ansicht, man dürfe die »Wurzeln« nicht aus ihrer Verborgenheit hervorholen; man dürfe sie nicht dem Tageslichte aussetzen, wenn der Baum nicht verblühen und am Ende absterben soll. Sie wollten daher nicht nur die Wurzeln, sondern auch den Weg zu ihrer Auffindung — wieder verschliessen. Andere wieder wollten, nachdem Maimuni ihnen den Weg zur Auffindung der »Wurzeln« gezeigt hatte, die Nachgrabungen noch weiter fortsetzen, in der Meinung, die Fruchtbarkeit des Baumes werde dadurch nur gefördert. Beide Parteien fanden Anwälte in Wort und Schrift, so dass eine eigene Dogmenliteratur entstand. Zahlreich sind die Werke, die der Lösung dieser Frage gewidmet sind.[22]) Eine Vergleichung und kritische Beleuchtung der einzelnen Entwicklungsstadien der Dogmengeschichte von Maimuni bis auf Albo wäre eine interessante und höchst lohnenswerthe Arbeit;[23]) uns jedoch würde es von dem uns hier gesteckten Ziele weit abführen, wollten wir auf alle Vorgänger Albo's reflectiren; zu unserem Zwecke genügt es, wenn wir aus der grossen Zahl jene Zwei herausheben, deren Dogmensysteme Albo zum Gegenstande seiner Kritik macht. Es sind dies Maimuni und Albo's Lehrer Chasdai Creskas. Der Erstere nahm dreizehn Glaubensartikel von

---

[21]) Vid. Maimuni's Commentar zur Mischna, Traktat Szanhedrin, cap. Chelek.

[22]) Cf. Schlesinger's Einleitung zu »Jkkarim«.

[23]) Schlesinger's Zusammenstellung der verschiedenen Dogmensysteme in seiner oben erwähnten Einleitung ist nichts weiter als eine Nomenclatur.

dogmatischem Charakter an.[24]) Chasdai wendete dagegen ein, Maimuni habe entweder zu wenig oder zu viel Dogmen angenommen. Nenne er nämlich solche Glaubenssätze Dogmen, deren Leugnung Ketzerei ist, so seien ihrer mehr als fünfzehn,[25]) nenne er aber nur die Ecksteine und Grundpfeiler der Religion Dogmen, ohne welche ein göttliches Gesetz undenkbar ist, so seien ihrer nicht mehr als acht.[26]) Chasdai reducirte daher ihre Zahl auf acht.[27]) So verschieden nun auch ihre Ausgangspunkte sind, so war doch der leitende Grundgedanke beider bei ihrer Dogmenaufstellung derselbe, den wir schon in unserer Einleitung erwähnten. Auch sie gingen von religiösen Prämissen aus,[28]) für welche sie wohl a posteriori Beweise aus der Philosophie herbei-

---

[24]) In seinem Commentar zur Mischna, Trakt. Szanhedrin, cp. Chelek. Die 13 Glaubensartikel sind bei ihm: 1) Dasein Gottes. 2) Seine Einheit. 3) Unkörperlichkeit. 4) Ewigkeit. 5) Seine alleinige Anbetungswürdigkeit. 6) Die Prophetie überhaupt. 7) Die höhere Prophetie Mosis. 8) Die geoffenbarte Lehre. 9) Ihre Unabänderlichkeit. 10) Die göttliche Allwissenheit. 11) Die gerechte Vergeltung. 12) Der Messias. 13) Die Auferstehung.

[25]) Unter der Zahl mehr als 15 versteht Chasdai die von uns in der zweitfolgenden Note angeführten zwei Classen von je acht Glaubenssätzen (16). Vgl. Joël, Chasd. Cresk., Seite 12, Note 2.

[26]) Or Adonai. Trakt. III, Abschnitt 1, c. 1.

[27]) Chasdai's acht Glaubensartikel sind: Dasein Gottes, sein Allwissen, seine Providenz, seine Allmacht, die Prophetie überhaupt, die geoffenbarte Lehre, die menschliche Willensfreiheit und der Zweck der Lehre und ihrer Empfänger (Or Adonai, Anfang des II. Traktats). Wir werden weiter Gelegenheit haben, zu zeigen, wie diese Reduction bezüglich einiger Dogmen nur eine formelle, aber keine sachliche ist. Ausser diesen acht hat Chasdai noch andere acht Glaubenssätze, deren Leugnung wohl Ketzerei ist, aber doch nicht, wie die ersten, Glaubensfundamente genannt werden können (ibid. Trakt. III, Abschnitt 8, cap. III.)

[28]) Bezüglich Maimuni's ist dies klar, bezüglich Chasdai's werden wir uns weiter bemühen, es nachzuweisen.

holten, jedoch nicht aus scientivischem Bedürfnisse, um sich
über die Wahrheit des Praemittirten apodiktische Gewissheit
zu verschaffen, damit hätten sie ja von ihrem Standpunkte
der Religion ein Misstrauensvotum ausgestellt. Denn, da
für sie die nothwendige Annahme des Prämittirten in der
Religion bis zur Evidenz constatirt war, so musste es auch
wahr sein. Die philosophischen Beweise sollten nur die
stützenden Säulen der Dogmatik sein, damit sie um so un-
erschütterlicher sei. Kurz, die philosophischen Principien
waren durchaus nicht decisiv bei der Aufstellung der Religions-
principien, sie hatten nur das jus advocatiae der religiösen
Prämissen, aber kein votum decisivum. Nach diesem Gedankengange mussten sie folgerichtig zu dem Resultate
kommen: Wer einen dieser Sätze negirt, gleichviel ob aus
philosophisch - exegetischen oder anderen Gründen, sei ein
Ketzer.[29]) Denn, da sie diese Sätze nicht durch Speculation,
sondern aus Religion zu Dogmen erhoben hatten, so konnten
sie der ersteren nicht das Untersuchungsrecht über sie ein-
räumen, ohne die letztere des Irrthums zu verdächtigen.
So war ihnen mit ihrem Ausgangspunkte das Resultat ihrer
Forschungen vorgezeichnet. Wollte nun Albo zu einem
andern Resultate kommen, was der ganze Zweck seines
Buches ist,[30]) so musste er einen andern Ausgangspunkt
bei der Aufstellung der Glaubensgrundsätze nehmen. Dies
hat er auch gethan. Um jedoch dem Leser zu zeigen, um was
es sich eigentlich in diesem Buche handle, beobachtet er
folgende Darstellungsmethode. An die Spitze seines Buches
stellte er das Resultat seiner Forschungen, nachher übt er
seine Kritik an Maimuni und Chasdai, dann endlich ent-

---

[29]) Um unnöthige Citate zu vermeiden, erinnern wir nur an die
oben gegebene Kritik Chasdai's.

[30]) Nachdem er in seiner Einleitung die Dogmenzahlen Maimuni's
und Chasdai's angegeben und ihre Mangelhaftigkeit dargestellt, fährt er
dann fort: ‎ולפי שראיתי ·· גודל מעלת זה הדרוש ואת יקר תפארת גדולתו ורוב

wickelt er uns seinen Gedankengang, durch welchen er zu
dem an die Spitze des Buches gestellten Resultate gelangte.
Wir begegnen daher, wie wir weiter sehen werden, gleich
an der Schwelle seines religionsphilosophischen Gebäudes
dem Schwerpunkte des Albo'schen Systems, was gerade nicht
vortheilhaft auf den Leser einwirkt, denn das Resultat
erscheint dunkel und verworren, so lange man keinen klaren
Ueberblick über den Albo'schen Gedankengang hat; zudem
sind bei einer solchen Methode öftere Wiederholungen des
Vorausgeschickten unvermeidlich.

Diese Gründe haben uns dazu bestimmt, unserem Stoffe
eine andere, gedankenmässigere und concisere Anordnung zu
geben. Wir beginnen mit Albo's Kritik an den Dogmen-
systemen Maimuni's und Chasdai's.

Gegen Maimuni's Dogmensystem wendet er dasselbe
ein, was schon Chasdai dagegen eingewendet hat, dass er
nämlich das Wort »Jkkar« (Stamm) nicht streng genug
genommen habe, indem er auch solche Glaubenssätze mit
diesem Namen belege, die durchaus nicht als Lebensprin-

הבלבול והמבוכה אשר נפל למעיינים בו ושכלם צללו במים אדירים ולא העלו
בידם דבר שראוי לשום לב עליו כי ביארו העקרים לפי האומר העולה על הרוח
בתחלת המחשבה מאין פנות אל מה שראוי לחקור עליו כדי שיתברר הדרוש
על אמתתו נתתי את לבי לחקור על העקרים הכוללים לדת האלהית
חקירה מספקת והביאותי הספר הזה וקראתי שמו ספר העקרים ..

Man sieht also, dass ihn vorzugsweise die Unzufriedenheit mit
diesen beiden Systemen zur Abfassung seines Buches veranlasste. Die
Stelle, Abschnitt I, cap. 2, aus der Grätz in seiner Geschichte der
Juden, Bd. VIII, Seite 168, beweisen will, dass Albo sein Buch zunächst gegen die Verketzerer und Gegner Maimuni's geschrieben habe,
kommt hierbei gar nicht in Betracht, denn die von Grätz angeführten
Worte: והוצרכתי לכתוב כל זה beziehen sich nicht auf die Abfassung
des Buches, sondern nur auf das in diesem Capitel Vorhergesagte, das
von der Berechtigung zur speculativen Untersuchung der Glaubenssätze abhandelt; hierauf bezogen sagt Albo: »Ich musste dies Alles
(כל זה), nämlich das Vorangegangene, schreiben, weil« u. s. w.

cipien der Religion zu betrachten sind.[31]) Chasdai's Dogmensystem kann ihn auch nicht befriedigen, weil es nur die
allgemeinen Glaubenssätze enthalte, ohne welche man sich
gar keine Religion denken kann, aber keinen solchen, der
das Kriterium der Offenbarung wäre. Die Chasdai'schen
acht Glaubensprincipien gäben uns noch keine Garantie
für die Wahrheit einer Religion, es könne eine Religion
diese Principien zu Grunde haben und brauche darum noch
keine wahre zu sein.[32])

Diese Einwände haben ihn dazu bewogen, ein neues
System bei der Fixirung der Glaubensprincipien zu be-
gründen. Wir geben hier die Anordnung der Albo'schen
Glaubensgrundsätze.

---

[31]) Abschnitt I, c. 3, ausserdem findet sich noch die Kritik in der
Einleitung, ausführlicher Abschnitt I, c. XV. Wir werden im Verlaufe unserer Abhandlung noch Gelegenheit haben, auf diese Kritik
näher einzugehen, wo sich zeigen wird, dass Albo's Kritik eine viel
schärfere und weit consequentere ist, als Chasdai's. Hier ist noch
nicht der Ort dazu.

[32]) Ibid: ויש לדקדק על זה כי אף אם אלו הם עקרים כוללים לדת האלהית
שלא יצוייר מציאותה זולתם ... היה לו למנות אי זה עקר כולל במה שתוכר
הדת האלהית האמתית מן המזוייפת המתדמת באלהית שהרי כל הדתות
הנמצאות היום בעולם מודות בששה העקרים הללו ויהיו כלם לפי זה אלהית
(legatur אלהיות) Die Zahl sechs ist exclusiv der zwei Principien, Dasein Gottes und geoffenbartes Gesetz. Nach dieser Kritik könnte man denken, dass
Albo die Chasdai'sche Dogmenzahl noch vermehren wollte; in Wirklichkeit
aber wollte er damit nur die Unhaltbarkeit des Chasdai'schen Dogmen-
systems nachweisen, um dann seinen eigenen Weg zu gehen. Ueberhaupt ist diese Kritik die dunkelste Stelle des ganzen Buches; fast
auf jeder Zeile derselben stösst der Leser auf die scheinbar greif-
barsten Widersprüche, die sowohl der Commentator Lipschütz als
auch der Uebersetzer Schlesinger gar nicht bemerkt zu haben scheinen,
oder nicht bemerken wollten. Die vielen Widersprüche dieser Stelle
hier aufzuzeigen, erforderte zu viel Raum; der aufmerksame Leser
wird sie übrigens sofort selbst herausfinden. Eine Bemerkung jedoch,
die den Schlüssel zur Lösung dieser räthselhaften Stelle bietet, soll hier Platz

2

Wie Chasdai, unterscheidet auch Albo zwischen den allgemeinen Principien aller Religionen und den besonderen Grundsätzen einer bestimmten Religion.[33]) Die allen Religionen gemeinsamen Principien sind: Dasein Gottes, geoffenbartes Gesetz und gerechte Vergeltung.[34]) Zu diesen allgemeinen Principien gehören jedoch noch andere Glaubenssätze, die das Wesen der ersteren definiren, also eigentlich ihren Inhalt ausmachen.[35]) Die drei obersten Principien sind nichts Anderes, als die Summa dieser einzelnen Glaubenssätze, welche letzteren darum auch analog den

---

finden. Wir glauben denjenigen Lesern, denen es um ein richtiges Verständniss dieser schwierigen Stelle zu thun ist, damit einen Dienst zu erweisen, wenn wir ihnen den Schlüssel dazu in Folgendem an die Hand geben. Abschnitt I, cap. 15, nennt Albo die Bewahrheitung des von Gott gesandten Gesetzgebers (die, wie sich weiter zeigen wird, nur ein dem zweiten Princip [geoffenbartes Gesetz] inhärirender Einzelgrundsatz ist), gleich den drei Grundprincipien, schlechthin »Jkkar Kolel« (allgemeiner Grundsatz). Er sagt daselbst: ולזה יהיה התאמתות שליחות השליח עקר כולל לכל הדתות האלהיות. Ibid. cap. XVIII, das ausschliesslich der Behandlung dieses Grundsatzes gewidmet ist, stellt er ihn als Kriterium des göttlichen Gesetzes auf. Eine Vergleichung des Wortlautes jener Auseinandersetzung mit dieser Kritik verbreitet Licht über diese dunkle Stelle. Es zeigt sich dann, dass Albo auch hier unter »Jkkar Kolel« nur die Bewahrheitung des Gesetzgebers, die bei Chasdai unter keiner Klasse seiner Glaubenssätze aufgenommen ist, versteht, wodurch alle Schwierigkeiten behoben sind. Albo erhebt zwar auch Einwand gegen Chasdai's Annahme der menschlichen Willensfreiheit und des Zweckes der Lehre als religiöse Dogmen, da sie auch dem Staatsgesetze zu Grunde liegen; dieser Einwand ist jedoch unwesentlich. Albo selbst ist Abschnitt I, cap. 26, unentschieden, ob er nicht auch die menschliche Willensfreiheit als religiöses Princip rechnen soll.

[33]) Vorwort: ויבאר שיש לדתות עקרים כוללים ועקרים מיוחדים

[34]) Absch. I, cap. 4: הוא .... הדרך הנכון שיראה לי בספירת העקרים כי העקרים הכוללים ...... לדת האלהית הם שלשה והם מציאות השם וההשגחה לשכר ולעונש ותורה מן השמים

[35]) Vorwort: ויבאר שיש תחת אלו (sc. עקרים כוללים) עקרים אחרים נתלים בהם ומסתעפים מהם

ersteren in drei Gruppen zerfallen. Diese Glaubenssätze
stehen somit in einem zweifachen Verhältnisse zu den drei
obersten Principien. Sie stehen zu ihnen erstens, insofern
Jeder von ihnen seinen Träger in einem der drei Principien
hat, in dem Verhältnisse eines Astes zu seinem Stamme,
weshalb Albo die letzteren »עקרים«[36]) (Stämme), und zwar,
da sie allen Religionen gemeinsam sind, »עקרים כוללים«
nennt, während er die von ihnen getragenen Glaubenssätze
mit »שרשים« (Aeste) bezeichnet.[37]) Da aber zu jedem der
drei Principien mehrere solcher Glaubenssätze gehören, die
in jenem summarisch zusammengefasst sind, so stehen sie
zu ihnen auch in dem Verhältnisse der Arten zu ihrer
Gattung.[38]) Wegen dieses Quantitätsverhältnisses nennt
Albo die Schoraschim im Gegensatze zu den עקרים כוללים,

---

[36]) Abschnitt I, cap. III.: עקר, שם הונח על דבר שעמידת דבר אחר
וקיומו תלוי בו ואין לו קיום זולתו .... ומזה הצד יפול זה השם על השרשים
והיסודות שעמידת הדת וקיומה תלוי בהם. Von der gewöhnlichen Uebersetzung des Wortes »עקרים« mit »Wurzeln« sind wir darum abge-
wichen, weil bei dieser Uebersetzung für das Wort שרשים kein entsprechen-
der Ausdruck zu finden ist. Denn, da zu jedem Jkkar mehrere Schoraschim
gehören, so könnte man nicht Schoraschim mit »Stämme« übersetzen, weil
aus einer Wurzel nicht mehrere Stämme hervorgehen; es könnte dann
aber auch nicht »Aeste« heissen, weil die Aeste nicht unmittelbar aus
den Wurzeln, wie hier die Schoraschim aus den Jkkarim, hervorgehen.
Schlesinger hilft sich damit, dass er Schoraschim mit »Haupt-« und
»ענפים« mit »Folgesätze« übersetzt; dies war uns jedoch nicht präcis
genug. Uebrigens ist es auch etymologisch unrichtig, »עקרים« mit
»Wurzeln« zu übersetzen, denn das Wort עקר bedeutet eigentlich nur
den Stock der Wurzeln; die sich von ihm ausbreitenden Wurzeln selbst
aber heissen nicht עקרים, sondern שרשים. Dies geht deutlich aus
Daniel IV, 12 und 20 hervor, dort heisst es: ברם עקר שרשוהי בארעא
שבקו. »Jedoch den Stock seiner Wurzeln lasset in der Erde.« Vergl.
das syr. ܟ̈ܡܐ und ܥܩܳܪܐ

[37]) Ibid. c. 4: ותחת כל עקר מאלו שרשים וסעיפים משתרגים ומסתעפים
מן העקר ההוא

[38]) Ibid. c. 26: ושתחת אלו השלשה שרשים אחרים מסתעפים מהם
הם אצל העקרים הללו כמדרגת המינים הנכנסים תחת הסוגים

2*

(summarische Grundsätze [39]) auch sehr häufig »עקרים
פרטיים«[40]) (Einzelgrundsätze).[41]) Diese Einzelgrundsätze
(Jkkarim Pratijim, Schoraschim) sind nicht durchweg bei
allen Religionen dieselben, vielmehr haben die verschiedenen Religionen blos die summarischen zur gemeinsamen
Basis; die Einzelgrundsätze hingegen, die jenen inhäriren,

---

[39]) Siehe hierüber unsere zweitfolgende Note.

[40]) Einleitung: ויבאר שיש לעקרים הכוללים עקרים אחרים פרטיים
יקראו שרשים. Damit wollte Albo offenbar den Leser auf die Identität
dieser beiden Ausdrücke »Jkkarim Pratijim« und »Schoraschim« aufmerksam machen. Er giebt auch den Grund dieser zweifachen Be-
nennung an in den Worten: לפי שהם נכנסים תחת הכוללים ומסתעפים מהם
Auch die in unserer obigen Note citirte Stelle hat die Worte
מסתעפים und נכנסים. Das ist eben das von uns hervorgehobene zwei-
fache Verhältniss.

[41]) Wir sehen uns hier genöthigt, auf einen Umstand aufmerksam
zu machen, der bisher noch gar nicht beachtet wurde, der aber für
das richtige Verständniss vieler Stellen im »Jkkarim« sehr wichtig ist.
Der Leser entschuldige daher, wenn wir hier etwas ausführlicher sind,
Schlesinger übersetzt »עקרים פרטיים« mit »besondere Grundsätze,« was
grundfalsch ist. Unter Jkkarim Pratijim versteht Albo nicht die besonderen Grundsätze einer bestimmten Religion, für diese hat er den
Terminus »עקרים מיוחדים,« vielmehr versteht Albo unter Jkkarim
Pratijim die Einzelglaubenssätze, die in den drei obersten Principien
(Jkkarim Kolelim) summarisch zusammengefasst sind. Es kann ein
Grundsatz ein Jkkar Prati sein und braucht desswegen, wie wir weiter
nachweisen werden, noch kein »Jkkar Mejuchad« zu sein. Wohl versteht Albo manchmal unter Jkkar Prati auch einen besondern Grundsatz einer bestimmten Religion, dann fügt er aber immer die Worte,
»לדת משה, אליה, לדת אחרים« hinzu, so dass es auch dort eigentlich
weiter nichts heisst, als ein Einzelgrundsatz des Mosaischen Gesetzes etc.
Unbegreiflich aber ist es, wie Schlesinger diese beiden Terminos »Mejuchadim« und Pratijim für identisch halten und beide mit »besondere«
übersetzen konnte, da wir schon in Albo's Einleitung finden, dass sie
bei ihm durchaus nicht identisch sind. Er sagt daselbst: ויבאר שיש
בה עקרים כוללים מאשר היא אלהית ועקרים מיוחדים מאשר היא פרטית
ויכאר שיש לעקרים הכוללים עקרים אחרים פרטיים יקראו שרשים ובסלוק
הכוללים יסתלקו הפרטים. Hier unterscheidet Albo ausdrücklich die Me-

sind zum Theil bei den verschiedenen Religionen verschie-

---

juchadim von den Pratijim. »Mejuchadim« heissen die besonderen Grundsätze einer bestimmten Religion, das sagt Albo ausdrücklich in den
Worten: מאשר היא פרטית· Jkkarim Pratijim hingegen ist die Bezeichnung für die Einzelgrundsätze, die in den »Jkkarim Kolelim«
summarisch zusammengefasst sind und die darum auch Schoraschim
heissen, was aus den Worten: יקראו שרשים ובסלוק הכוללים יסתלקו
הפרטים deutlich hervorgeht. Auch im Vorworte finden wir dieselbe
Unterscheidung zwischen diesen vom Uebersetzer für identisch gehal-
tenen Ausdrücken. Dort heisst es: ויבאר שיש לדתות עקרים כוללים
ועקרים מיוחדים .... ויבאר שיש תחת אלו ועקרים כוללים (sc.) עקרים אחרים
נתלים בהם ומסתעפים מהם Bei Schlesinger sucht man vergeblich in
diese sonst so klaren Stellen Sinn zu bringen. Wir werden weiter
sehen, welche Widersprüche dem Leser aus dieser sinnlosen Uebersetzung resultiren. Für die Richtigkeit unserer Auffassung spricht
übrigens auch die Etymologie des Wortes פרטיים, denn die Wurzel
פרט bedeutet eben auseinanderbrechen, absondern einen Theil von dem
Ganzen, gleich dem arabischen فرق, daher gebraucht Albo Abschnitt
I, c. 1 häufig auch den Terminus עקרים חלקיים für die Einzelgrundsätze, weil sie Theile der עקרים כוללים sind.

Eben so falsch ist es, »Jkkarim Kolelim« durchweg mit »allgemeine
Grundsätze« zu übersetzen. Wir müssen nämlich bei den obersten Principien
zwei Momente in's Auge fassen; das Moment ihrer Allgemeinheit, insofern
sie allen Religionen gemeinsam sind und dann das Moment ihres summarischen Charakters, insofern sie der summarische Inbegriff der von
ihnen getragenen Einzelgrundsätze sind. Das Wort »Kolelim« bringt diese
Duplicität ihres Charakters richtig zum Ausdruck; es bedeutet nicht
nur: die alle Religionen umfassenden, sondern auch die Einzelgrundsätze zusammenfassenden. Stellt nun Albo den »Jkkarim
Kolelim« die Jkkarim Mejuchadim gegenüber, so will er das Moment
ihrer Allgemeinheit hervorheben und wir haben dann »Jkkarim Kolelim,«
im Gegensatze zu »Mejuchadim,« allgemeine Grundsätze zu übersetzen.
Sind aber den Kolelim die Pratijim gegenübergestellt, dann will Albo
ihren summarischen Charakter hervorheben, und wir müssen es, im
Gegensatze zu den »Pratijim« übersetzen: summarische Grundsätze.
Schlesinger beachtete gar nicht das zweite Moment; er fasste daher
das Wort Kolelim nur einseitig auf als Bezeichnung des allen Religionen gemeinsamen Zugrundeliegens, und übersetzte es desshalb durchweg mit »allgemeine Grundsätze.« Und dieser Irrthum war es auch,
der ihn dann weiter verführte, »Ikkarim Pratijim« irrthümlich mit

den, wodurch sich eben eine Religion von der andern unte
scheidet.[42]) Solche Einzelgrundsätze, die zugleich besonde
einer bestimmten Religion sind, nennt Albo קרים מיוחדים
פרטיים [43]) (besondere Einzelgrundsätze). Häufiger aber drücl
Albo die Besonderheit eines Einzelgrundsatzes dadurch au
dass er zu »עקר פרטי« die betreffende Religion hinzufügt.[44]

Indessen giebt es auch Einzelgrundsätze (Pra
tijim), die nichtsdestoweniger allen Religionen gemei

»besondere Grundsätze« zu übersetzen, denn den »allgemeine
musste er die besonderen gegenüberstellen. Auch der Commentat
identificirt irrthümlich »Pratijim« mit »Mejuchadim«.

Uebrigens gebraucht Albo auch sehr häufig den Ausdru
»Jkkarim« schlechthin bald in engerem, bald in weiterem Sinne u
versteht darunter bald die Kolelim, bald die Pratijim, oft auch bei
zusammen. Albo musste diese Ungenauigkeit seiner Ausdruckswei
schwer büssen. Die vielen Widersprüche, deren man sein Buch zeil
resultiren zumeist aus der ungenauen Fassung seiner Termini. I
einem gründlichen Eingehen auf die betreffenden Stellen schwind
diese scheinbaren Widersprüche. Es ist überhaupt zur Orientirung
Albo's Buche, besonders im ersten Abschnitte desselben, für den Les
von der grössten Wichtigkeit, sich mit den von Albo zuerst g
brauchten Terminis aufs Genaueste bekannt zu machen. Nur dadur
sind die mannigfachen Verwirrungen und Missverständnisse, welc
viele Stellen des Buches zu veranlassen geeignet sind und theils au
veranlasst haben, zu vermeiden.

[42]) Abschnitt I, Anfang: שהדתות אף אם יסכימו בעניינים
ענינים (legatur) הכוללים.... הנה הם חולקות בעניינים החלקיים בהם
»עניינים חלקיים« . Dass Albo unter »תבדל הדת האלהית האחת מזולתה
Einzelgrundsätze versteht, geht aus Abschnitt I, c. 26, hervor,
es heisst: ולם שאר הדתות הנקראות אלהיות הנה הן יניחו תחת אלו העקרים
שים אחרים בהסתלק אחד תבטל תורתם.

[43]) Einleitung: מה שאין לספק בו הוא שראוי שיהיו לדת האלהית
רים כוללים מאשר היא אלהית בכלל אם יבוטל אחד מהם לא יצוייר היותה
הית ועקרים מיוחדים פרטיים אם יבוטל אחד מהם תפול הדת האלהית ההיא
אף על פי שלא תפול) בכללה . Nach Schlesinger läge in den Worte
מיוחדים פרטיים ein sinnloser Pleonasmus. Auf die eingeklammert
Worte werden wir gelegentlich zurückkommen.

[44]) Cf. unsere obige ausführliche Note.

sam sind.[45]) Einen solchen allgemeinen Grundsatz nennt
Albo wegen seiner Allgemeinheit zuweilen auch עִקָּר כּוֹלֵל [46])
(allgemeiner Grundsatz), obzwar er vorzugsweise die summarischen allgemeinen Principien mit diesem Namen bezeichnet.

שָׁרָשִׁים (Aeste) oder עֲקָרִים פְּרָטִיִּים (Einzelgrundsätze) hat
Albo acht,[47]) die in folgender Weise den drei Grundprin-

---

[45]) Siehe die folgende Note.

[46]) So nennt Albo, wie wir schon in unserer Anmerkung zu Albo's
Kritik gegen Chasdai bemerkten, Abschnitt I, c. 15, die Bewahrheitung
der göttlichen Sendung des Gesetzgebers, die doch nur, wie wir bald
sehen werden, ein dem zweiten Princip, geoffenbartes Gesetz, inhärirender Einzelgrundsatz ist, wegen ihrer Allgemeinheit, schlechthin
»עִקָּר כּוֹלֵל« (allgemeiner Grundsatz). Nach Schlesinger, der irrthümlich
»Pratijim« mit »besondere« übersetzt, müssten wir in Bezug dieses
Grundsatzes Albo des gröbsten Widerspruchs zeihen. — Noch auf-
fallender ist, wie Schlesinger in seinen Anmerkungen die von uns in
der · oben erwähnten Anmerkung citirte Stelle aus Albo's Kritik
schweigend übergehen konnte, da Albo dort jeden Einzelgrundsatz,
der allen Religionen gemeinsam ist, schlechthin »Jkkar Kolel« nennt.
Nach unserer dort auseinandergesetzten Auffassung meint Albo allerdings auch dort nur die Bewahrheitung des Gesetzgebers; Schlesinger
jedoch war dies ganz fremd, sonst musste er, da der Wortlaut jener
Stelle nicht im Geringsten zu dieser Auffassung veranlasst, dem Leser
einen Wink geben. Er hätte dafür manche andere Anmerkung sich
ruhig ersparen können. Auch die Tradition nennt Albo »עִקָּר כּוֹלֵל.«
Abschnitt I, c. 3, in seiner Kritik gegen Maimuni sagt er: לָמָּה לֹא יִמְנֶה
הַקַּבָּלָה .... שֶׁהוּא עִקָּר כּוֹלֵל לְכָל הַדָּתוֹת הָאֱלֹהִית (הָאֱלֹהִיּוּת legatur) Doch
es scheint, dass Albo unter קַבָּלָה auch nur die überlieferte Bewahrheitung des Gesetzgebers versteht, die bei Maimuni keinen Glaubensartikel bildet. Denn die Tradition überhaupt vermissen wir ja auch
bei Albo als Glaubensartikel, wie könnte er also Maimuni wegen ihrer
Weglassung tadeln? Uebrigens geht die Identität der קַבָּלָה mit
»הִתְאַמְּתוּת שְׁלִיחוּת הַשָּׁלִיחַ« aus dem ganzen achtzehnten Capitel des
ersten Abschnittes deutlich hervor. Der Leser wird sich erinnern, dass
nach unserer in der oben erwähnten Anmerkung auseinandergesetzten
Auffassung Albo auch bei Chasdai die Weglassung dieses Grundsatzes
tadelte. Dieser Umstand ist nur geeignet, unsere Ansicht hier wie
dort zu unterstützen.

[47]) Abschnitt I, c. 15: הֵם ... הַשָּׁרָשִׁים הַנִּתְלִים בִּשְׁלֹשֶׁת הָעִקָּרִים
שְׁמֹנָה.

cipien einverleibt werden. Das erste Princip: Dasein Gottes, involvirt vier Einzelgrundsätze: Einheit, Unkörperlichkeit, Ewigkeit und Vollkommenheit Gottes, das zweite Princip: Geoffenbartes Gesetz, schliesst in sich zwei Pratijim: Möglichkeit einer Prophetie und Bewahrheitung des Gesetzgebers', das dritte Princip endlich: Gerechte Vergeltung, setzt voraus die Allwissenheit und die Providenz Gottes.[48])

Endlich giebt es noch eine dritte Gruppe von Glaubenssätzen, die sich mehr oder weniger, manche auch gar nicht, an die drei Grundprincipien anlehnen. Diese Glaubenssätze, die nicht wie die Aeste (Schoraschim) unmittelbar aus dem Stamme (Jkkar) hervorgehen, nennt Albo, zum Unterschiede von jenen, »ענפים« (Zweige).[49]) Diese Classe besteht aus folgenden sechs Glaubenssätzen: Die Schöpfung[50]) (ex nihilo), die höhere Prophetie Mosis, Unabänderlichkeit des Gesetzes, die Erlangung eines bestimmten Grades der ewigen Seligkeit durch Erfül-

---

[48]) Ibid. c. 26: וְהַשָּׁרָשִׁים שֶׁהֵם תַּחַת עִקַּר מְצִיאוּת הַשֵּׁם . . . . הֵם הָאַחְדוּת וְסִלּוּק הַגַּשְׁמוּת וְשֶׁאֵין לוֹ יִתְבָּרַךְ יַחַס עִם הַזְּמַן וְשֶׁהוּא מְסֻלָּק מִן הַחֶסְרוֹנוֹת וְתַחַת תּוֹרָה מִן הַשָּׁמַיִם הֵם הַנְּבוּאָה וּשְׁלִיחוּת הַשָּׁלִיחַ וְתַחַת הַשָּׂכָר וְהָעוֹנֶשׁ הֵם יְדִיעַת הַשֵּׁם וְהַהַשְׁגָּחָה.

Abschnitt 1, c. 4 und 15, substituirt Albo den Einzelgrundsatz der göttlichen Allwissenheit dem zweiten Princip: Geoffenbartes Gesetz, so dass für das dritte Princip: Vergeltung, nur die Providenz bleibt; die endgiltige Classification aber ist die von uns angegebene. Cf. ausser der hier citirten Stelle, Abschnitt 1, c. 13. Albo behandelt auch die göttliche Allwissenheit im vierten Abschnitte, der dem dritten Princip, Vergeltung, gewidmet ist. Im Vorwort zum dritten Abschnitt motivirt er den Ausschluss der Allwissenheit vom Bereiche des zweiten Princips und ihren Anschluss an das dritte.

[49]) Ibid. c. 15 und 23.

[50]) Bezüglich dieses Glaubenssatzes widerspricht sich Albo. Abschnitt 1, c. 23, lehnt er ihn an das erste Princip, Dasein Gottes, an, und c. 15 weiss er ihn bei keinem der drei Grundprincipien unterzubringen und vertheidigt damit Maimuni, dass er ihn desshalb nicht unter seine Glaubensartikel zähle. וּלְפִי זֶה הַצַּד לֹא יִקְשֶׁה לָמָּה לֹא מָנָה הַחִדּוּשׁ. כִּי לֹא מְנָאוֹ לְפִי שֶׁאֵינוֹ נִכְנָס תַּחַת אֶחָד מֵאֵלּוּ הַג' שֶׁזְּכַרְנוּ.

lung auch nur Eines göttlichen Gebotes, der Messias und endlich die Auferstehung.[51])

Nach dieser Gruppirung der Albo'schen Glaubensgrundsätze, die uns ein Bild von der äussern Form des Albo'schen Gedankenbaues geben sollte, verfügen wir uns nun in das Innere desselben, nicht, um die einzelnen Bausteine dieses weitläufigen Gebäudes zu untersuchen, ob sie aus festem philosophischem Material gebildet sind, damit würden wir das uns hier vorschwebende Ziel weit überschreiten, vielmehr um den Raum zu bemessen, den Albo in seinem Gebäude für die Philosophie reservirt hat. Wir sind damit an dem Hauptpunkte unserer Aufgabe angelangt. Nachdem Albo diese Eintheilung der Glaubensgrundsätze getroffen hatte, musste es ihm zunächst darum zu thun sein, zu bestimmen, inwieweit die Speculation berechtigt sei, die Grundsätze der Religion zu untersuchen, um darnach den Rest der nicht zu untersuchenden Sätze bemessen zu können, die dann die Principien der Religion bilden.

Das Kriterium der Unentbehrlichkeit eines Glaubenssatzes für die Religion erfasst Albo viel schärfer und strenger als Chasdai. »Die Existenz eines göttlichen Gesetzes,« sagt er, »setzt drei Principien voraus: Dasein Gottes, Offenbarung und gerechte Vergeltung. Denn, glauben wir nicht an die Existenz Gottes, der das Gesetz gegeben, so haben wir kein göttliches Gesetz, und glauben wir auch an die Existenz Gottes, haben wir noch immer kein göttliches Gesetz, wenn wir nicht auch an die Offenbarung glauben, wäre aber weder Lohn noch Strafe, wozu wäre dann das göttliche Gesetz angeordnet? Recht und Ordnung in die menschlichen Angelegenheiten zu bringen? Dazu genügt ja das Staatsgesetz.«[52]) Man sieht hieraus deutlich, dass diese

---

[51]) Abschnitt I, c. 23.
[52]) Ibid. c. 10: התחלות הדת האלהית בכלל הן ג' הא' מציאות השם,
והב' תורה מן השמים, והג' שכר ועונש … כי אם לא נאמין מציאות השם

drei Axiome eigentlich nichts Anderes sind, als die Aristotelischen Principien: εἶδος, ἀρχὴ τῆς κινήσεως und τὸ οὗ ἕνεκα.[53])
Diese drei Prämissen fordert also die Religion kategorisch
von uns, sie müssen vor allem Denken festgehalten werden.
wie sie ja auch die Postulate jeder gegebenen Existenz
sind. Sie bilden darum die gemeinsame Basis aller Religionen. Jeder, der zu irgend einer Religion in ein Verhältniss treten will, muss an diese drei Sätze glauben.[54])
Denn, wenn wir uns auch nur Einen dieser drei Sätze
hinwegdenken, fällt die Religion zusammen.[55]) Anders hingegen verhält es sich mit den Einzelgrundsätzen, (Jkkarim
Pratijim, Schoraschim) die die nähere Bestimmung der
summarischen sind. Hier ist der Punkt, wo sich Albo von
Chasdai gewaltig entfernt. Bisher hatte Albo's Gedankengang, wenn auch nicht denselben Weg, so doch dieselbe
Richtung, als Maimuni's und Chasdai's, hier macht er den
entscheidenden Schritt, der ihn auf eine eigene, bis dahin
noch ungekannte und ungeahnte Bahn führt. Maimuni ging
von dem Gesichtspunkte aus, dass die den summarischen
Grundprincipien inhärirenden Einzelgrundsätze, da diese die
ersteren definiren, in Hinsicht der Nothwendigkeit für den
Glauben, ihnen vollständig gleichgestellt seien, mithin auch
an Wichtigkeit den ersteren nicht nachstehen können.
Zudem bereicherte er noch den Inhalt der drei Principien
dadurch, dass er die Zahl ihrer Einzelgrundsätze vermehrte,
indem er auch manche, die bei Albo zur Classe der Ana-

המצוה הדת אין שם דת אלהית. ואף אם נאמין מציאות השם אם אין תורה
מן השמים אין שם דת אלהית. ואם אין שם שכר ועונש . . . . למה זה תסודר
דת אלהית אם לתקן סדור והנהגת האנשים וענינ...הם . . . הנה הדת הנימוסית
תספיק לזה.

[53]) Das vierte Princip, ὕλη, fällt hier natürlich mit dem εἶδος zusammen.

[54]) Abschnitt 1, c. 10: יראה ששלשה אלה הם העקרים הכוללים לתורה
אלהית שיחוייב להאמין בהם כל מי שהוא מתיחס אל דת אלהית.

[55]) Ibid.: כפי שאם נשער סלוק אחד מהן תפול הדת בכללה

phim gehören, als solche rechnet. So substituirte er dem zweiten Principe, geoffenbartes Gesetz, auch noch die Unabänderlichkeit der Lehre, dem dritten Principe, Vergeltung, auch den Messias und die Auferstehung. So entstanden ihm dreizehn Dogmen.[56])

Dass nun die bei Albo die Classe der Anaphim bildenden Glaubenssätze nicht von fundamentalem Charakter für die Religion seien, sah schon Chasdai ein; er theilte daher die Maimunischen Dogmen in zwei Abtheilungen. Zur ersten Abtheilung zählte er die Fundamentalsätze der Religion, zur zweiten diejenigen Glaubenssätze, deren Leugnung wohl Ketzerei ist, aber doch nicht, wie die ersten, die Grundpfeiler des Gesetzes sind. Aber in Hinsicht der bei Albo die Gruppe der Schoraschim bildenden Glaubenssätze behielt er Maimuni's System bei und stellte sie den obersten Principien gleich. Nur ging er dabei schlauer zu Werke, als Maimuni. Maimuni zerlegte den obersten Grundsatz: Dasein Gottes, in seine ihm inhärirenden Einzelgrundsätze: Einheit, Unkörperlichkeit und Ewigkeit; Chasdai hingegen fasste den obersten Grundsatz mit den ihm inhärirenden Einzelgrundsätzen summarisch in Ein Princip zusammen. Anstatt ihn, wie Maimuni gethan, in vier selbstständige Sätze aufzulösen, liess er sie in ihrem Träger vereinigt; er hatte dadurch der Form nach die Dogmenzahl um Drei verringert, sachlich jedoch sind sie geblieben, nur dass sie Maimuni unverhüllt vorlegte, Chasdai hingegen unter dem Deckmantel des obersten Grundsatzes sie verhüllte.[57]) So umging er die Frage, anstatt sie zu lösen.

---

[56]) Die beiden Maimunischen Dogmen, die alleinige Anbetungswürdigkeit Gottes und die höhere Prophetie Mosis, betrachten wir darum für keine Zusätze, weil sie eigentlich die zwei Albo'schen Schoraschim, die göttliche Vollkommenheit und die Prophetie überhaupt, welche Maimuni nicht hat, repräsentiren.

[57]) Unerklärlich ist es, warum Chasdai die Allwissenheit und Allmacht als selbstständige Sätze behandelt und in Bezug auf sie nicht

Albo hingegen ging von der Ansicht aus, dass die den
obersten Principien inhärirenden Einzelgrundsätze der Religion nicht in dem Grade unentbehrlich sind, als die Principien selbst. Wir können wohl von keiner Existenz einer
Religion reden, ehe wir diese drei Principien annehmen,
aber wir können wohl von einer sólchen reden, wenn wir
auch von einem, diesen Centralprincipien inhärirenden,
Einzelgrundsatze abstrahiren. »Es ist doch klar,« sagt er,
»dass es unrichtig wäre, Alle (sc. Maimunischen Glaubensartikel) Principien zu nennen, da sie nicht von gleicher Nothwendigkeit für das göttliche Gesetz sind. Wie z. B. dadurch,
dass Jemand an den Dualismus glaubt, oder dass Gott ein

---

eben so zu Werke geht, als hinsichtlich der anderen Attribute. Es giebt
doch nur Eine Alternative bei der Bestimmung des Gottesbegriffs, entweder wir identificiren die ihm inhärirenden Attribute mit seinem
Wesen, so dass der oberste Satz: Dasein Gottes, sie involvirt, — was
allerdings auch das Richtigere ist, — oder wir identificiren sie nicht
mit dem Wesen Gottes. Tertium non datur. Im ersten Falle durfte
Chasdai auch die Allmacht und Allwissenheit nicht als selbstständige
Sätze behandeln. Man könnte sogar die Macht und das Wissen noch
mehr als unum et idem mit dem Gottesbegriffe betrachten, als die
Attribute: Einheit, Unkörperlichkeit und Ewigkeit. Im zweiten Falle
musste er auch die drei letzten Attribute als selbstständige Artikel aufstellen. Zumal die Einzigkeit (nicht zu verwechseln mit der Ein-
fachheit) Gottes, die für Chasdai philosophisch unnachweisbar ist,
(Or Adonai, Trakt. I, Abschnitt III, c. 4, cf. Joël, Chasdai Creskas'
religionsphilosophische Lehren, Seite 29 und 32—33) und somit aus
philosophischen Principien nicht nothwendig dem Gottesbegriffe inhä-
rirt, musste bei ihm ein selbstständiges Dogma bilden, da wir uns
nach ihm das Wesen Gottes auch ohne dieses Attribut denken könn-
ten. Chasdai's Verfahren beruht auf Willkür. Es war ihm bei seiner
Dogmenaufstellung, in Hinsicht der Schoraschim, weniger um ihre
Reduction, als um ihre Zusammenschiebung, zu thun, daher behandelte
er die drei obengenannten Attribute nicht selbstständig, trotzdem er
sie im Principe den allgemeinen Grundsätzen vollständig gleichstellt;
denn widrigenfalls musste er sie, da sie doch unzweifelhaft wichtige
Bestandtheile der Religion bilden, unter einer der anderen Classen
zählen. Bei einem gründlichen Eingehen auf Albo's Kritik gegen

Körper oder eine Kraft in einem Körper sei, oder dass er
von der Zeit abhängig sei, die Religion noch nicht zusammenfällt. Daher haben wir nicht, wie Maimuni, Alle
als gleich wichtige Principien aufgestellt.«[58]) Noch bezeich-
nender für Albo's Ansicht über den Charakter der Schoraschim und ihre Stellung in der Religion ist folgende Stelle
in seiner Polemik gegen Maimuni, Abschnitt I, c. III. Daselbst heisst es: »Auffallend bleibt es jedoch, wie er (Maimuni) die göttliche Einheit und Unkörperlichkeit als
Principien hinstellen konnte; *denn wenn sie auch wahre
Glaubenssätze sind, die jeder Bekenner des Mosaischen Gesetzes glauben soll,* so kann man doch von ihnen sagen,
dass es unrichtig sei, sie als Principien zu betrachten, da
die Religion noch nicht zusammenfällt, wenn man auch das
Gegentheil glaubt.«[59]) Wenn also die Religion die drei
Principien vor aller Speculation kategorisch von uns fordert,
so darf doch die Philosophie, nachdem mit der Annahme
dieser drei Principien die Existenz der Religion gesichert
ist, auf diesem nunmehr gegebenen religiösen Boden forschen und das Wesen dieser drei Principien untersuchen.
Nur die allgemeinen Existenzprincipien j e d e s Daseins also
sind es nach Albo, die wir auch dem Dasein eines gött-

Chasdai ist es nicht zu verkennen, dass hauptsächlich diese Verhüllung
einzelner Schoraschim von Seiten Chasdai's Albo unbefriedigt gelassen hat.

[58]) Abschnitt I, c. 15: והוא מבואר שאין ראוי לקראם כלם עקרים לפי
שאין הכרחיותם לתורה אלהית בשוה, כמו כי שיאמין השניות אושהוא גופיי
או כח בגופיי או שיש לו התלות בזמן לא תפול התורה האלהית בכללה בזה
. . . . ולזה לא שמנו אותם כלם עקרים בשוה כמו ששמם
הר״מבם ז״ל.

[59]) Abschnitt I, c. 3: ומכל מקום כבר יקשה למה ימנה האחדות והרחקת
הגשמות בעקרים שאף אם הם אמונות אמתיות ראוי שיאמינם כל בעל תורת
משה כבר יהיה אפשר לומר שאין ראוי למנותם בעקרים כי לא תפול התורה
האלהית בכללה אם יאמין חלופם. Dass Albo hier in den Worten: לא
תפול התורה האלהית בכללה die jüdische Religion und nicht die Religion im Allgemeinen im Auge hat, geht aus dem Vorangehenden deutlich hervor.

lichen Gesetzes a priori zu Grunde legen müssen.[60]) Mit
diesen Dreien aber ist das transphilosophische Gebiet der
Religion abgeschlossen.

Analog dem Cartesianischen: cogito, ergo sum, ist also
Albo's Religionsprincip: credo, ergo est. Wir denken uns
hierbei vorläufig nichts weiter, als dass ein göttliches Gesetz
ist, und insofern es ist, auch Ursache (Gott) und Zweck
(Vergeltung) haben muss. Wie und was die Ursache,
Offenbarung und Zweck sei, das gehört nicht mehr ausschliesslich dem Reiche der Religion an; hier darf schon
die Philosophie eintreten. Denn das gehört nicht mehr
zur *Existenz* der Religion, sondern zu ihrem *Inhalte*, und
zum *Inhalte* darf die Religion nichts für den menschlichen
Geist Unfassbares haben.

So sagt Albo Abschnitt II, c. I, nachdem er das
Dasein Gottes mit seinem *Wesen* identificirt und als für den
menschlichen Geist unfassbar hingestellt: Demnach könnte
man die Frage aufwerfen: »Wie kann man Etwas als
Princip des göttlichen Gesetzes aufstellen, das für jedes
Wesen, ausser Gott, unfassbar ist?« Worauf er deducirt,
dass das Dasein Gottes nur, insofern er causa mundi ist,
Princip der Religion sei.[61])

---

[60]) Natürlich ist auch die apriorische Annahme dieser Principien
nur eine hypothetische und ermangelt Albo nicht, auch diese drei
Principien in den folgenden drei Abschnitten a posteriori philosophisch
zu begründen.

[61]) ולפי זה ראוי שישאל השואל ויאמר איך יונח שרש לתורה אלהית דבר
שהוא נעלם השגתו משום נמצא זולת השם. והתשובה בזה כי לא יונח מציאות
האל שורש לתורה מן הצד שהוא נמנע ההשגה . . . אלא מן הצד שהוא אפשר
ההשגה, וזה מצד היות הנמצאות מושפעות ממנו והוא עלה להם ופועל אותם.
Dies ist auch der Punkt, worin sich Albo's unerschütterliche Klar-
heits- und Wahrheitsliebe am überzeugendsten documentirt; *hier giebt
es sich deutlich kund, wie es sein Streben war, die Philosophie der
Religion zu coordiniren. Was durch Speculation in seinem Wesen
nicht erfasst werden kann, das kann nach Albo unmöglich die Grundlage des Glaubens bilden: die philosophische Definirbarkeit ist ihm
also gewissermassen das Kriterium eines Glaubenssatzes.* Dem dia-

Von dieser Betrachtung der verschiedenen Glaubenssätze in Bezug ihrer objectiven Nothwendigkeit für die *Religion*, gehen wir zur Untersuchung ihrer Wichtigkeit für den *Bekenner* der Religion über. Da es Albo klar war, dass die Einzelgrundsätze nicht von so unerlässlicher Nothwendigkeit für die Religion sind, als ihre Centralprincipien, so musste sich ihm die Ueberzeugung aufdrängen, dass sie auch nicht von gleicher Wichtigkeit für den *Bekenner* der Religion sein können, denn die *objective* Nothwendigkeit eines Glaubenssatzes für die *Religion* ist der Gradmesser seiner Wichtigkeit für den *Bekenner* der Religion. Nachdem Albo die Glaubenssätze der jüdischen Religion nach ihren verschiedenen Nothwendigkeitsgraden für dieselbe classificirt hatte, trat an ihn die Frage heran, wer als Bekenner der jüdischen Religion und wer als Ketzer zu betrachten sei?

Die Beantwortung dieser Frage führt uns zum Resultate des Albo'schen Gedankenganges und somit auch zum Ziele unserer Aufgabe.

Bezüglich der drei unerlässlichen Existenzprincipien der Religion, Dasein Gottes, Offenbarung und Vergeltung, ist es selbstverständlich, dass die Negation eines von ihnen Ketzerei ist, da dadurch die Existenz des göttlichen Gesetzes aufgehoben wird. So sagt Albo Abschn. I, c. 10: »Da also diese Drei die allgemeinen unentbehrlichen Principien jeder Religion sind, so sagen die Rabbinen mit Recht von ihnen, wer Eins von ihnen leugne, gehöre keiner Religion an und werde der jenseitigen Seligkeit nicht theilhaft.[62])

---

metral entgegengesetzt ist Chasdai's Gedankengang. Nachdem er zu beweisen sucht, dass man durch Speculation den Gottesbegriff in seiner vollen Klarheit nicht demonstriren könne, scheidet er diesen Hauptpunkt der Forschung aus dem Ressort der Philosophie und überweist ihn der Offenbarung. »Or Adonai«, Trakt. I, Abschnitt III, c. 4, vergl. Joël, Chasd. Cr. Seite 29 u. 32—33.

[62]) Abschnitt 1, c. 10: ולהיות אלו הג׳ הם עקרים כוללים לדת האלהית הוא שמנו אותם רז״ל . . ואמרו שהכופר באחד מהם אינו בכלל בעלי הדת ולוה אין לו חלק לעולם הבא.

Albo verwahrt sich dagegen in der Einleitung, als habe er mit der apriorischen Annahme dieser Grundprincipien dem Dogmatismus die Thüre geöffnet. So wenig könne Jemand zu einer Religion sich bekennen, sagt er, oder in einem Verhältnisse stehen, wenn er nicht von ihren Grundprincipien eine gründliche Kenntniss oder wenigstens eine vernünftige Vorstellung hat, um an sie glauben zu können, als Einer Arzt genannt werden kann, der nicht die Grundlehren der Medicin, oder Mathematiker, der nicht die Axiome der Mathematik gründlich weiss, oder doch wenigstens einen Begriff von ihnen hat.[63])

Hinsichtlich aller anderen Glaubensgrundsätze hingegen, namentlich der Schoraschim, war es für Albo schwieriger, die an ihn herangetretene Frage befriedigend zu beantworten; hier stiess er in noch stärkerem Grade auf dieselben Schwierigkeiten, die sich noch Jedem ergaben, der es versuchte, die Philosophie der Religion zu coordiniren.

Dass die philosophisch begründete Negation eines Einzelgrundsatzes nicht wie die Leugnung eines Centralprincips schlechthin als Ketzerei zu verdammen sei, musste Albo nach seinem Gedankengange klar sein. Denn, da für ihn bei den Schoraschim schon das Gebiet der Philosophie beginnt, so muss sie doch auch die Berechtigung haben, nach ihren Resultaten die Entscheidung zu treffen. Denn welchen Zweck hätte die philosophische Untersuchung, wenn ihr nicht das Entscheidungsrecht über das von ihr zu Untersuchende zustände? Die Frage hat aber auch ihre Kehrseite. Was wäre das für ein göttliches Gesetz, dessen Inhalt der menschliche Geist als unwahr hinstellen dürfte?! Enthielte es auch nur Eine Unwahrheit, so wäre ja dadurch seine Göttlichkeit aufgehoben!

---

[63]) Einleit.: ולא יצוייר שיהיה אדם מבעלי הדת או יתייחס אליה אם לא ידע עקרי הדת ההיא או ציירים הבנה ציורית כדי שיאמין בהם במו שלא יקרא רופא מי שלא ידע התחלות הרפואה ולא מהנדס מי שלא ידע התחלות ההנדסה ידיעה אמיתית או לפחות ידיעה ציורית.

Auch über diese gefährlichste Klippe des religionsphilosophischen Gedankenmeeres ist Albo glücklich hinwegge-
kommen. Er umging sie nicht ängstlich, wie die Anderen
es gethan, vielmehr verstand er es, durch seinen ruhigen
und besonnenen Gedankengang sie für die religiöse Forschung zu ebnen. Für die Anderen stand der hergebrachte
Inhalt der Religion fest und unabänderlich; jede Abweichung
davon, wenn sie auch philosophisch und exegetisch begründet ist, ist ihnen Ketzerei. Albo hingegen lässt auch
den abweichenden Resultaten der Philosophie im vollsten
Masse Gerechtigkeit widerfahren, wenn sie nur nicht dem
Wortlaute des göttlichen Gesetzes diametral zuwiderlaufen,
so dass sie mit ihm durchaus nicht in Einklang zu bringen
sind. Lässt sich aber der Wortlaut der Lehre im Sinne
dieser abweichenden Resultate deuten, so ist diese Abweichung vom hergebrachten Inhalte noch keine Ketzerei;
denn so lange Jemand seine, wenn auch vom Hergebrachten
abweichende, Behauptung mit dem Wortlaute der Lehre in
Einklang bringen zu können glaubt, steht er noch immer
auf religiösem Boden. So sagt Albo Abschnitt I, c. 2:
»Dieser Weg ist der wahre und richtige. Wer die Wahrheit weiss und sie vorsätzlich verleugnet, der gehört zu den
unverbesserlichen Sündern; wer jedoch nicht vorsätzlich
opponiren, nicht vom Wege der Wahrheit abweichen, nicht
das in der Lehre Vorkommende leugnen und nicht die
Tradition negiren, sondern nur den Wortlaut der Lehre
nach seiner Ansicht deuten will, wenn diese Deutung
auch der angenommenen Wahrheit widerspricht,
Den, sei es ferne von uns, Ketzer oder Leugner
zu nennen. Daher ist es jedem Denker erlaubt, über
die Principien des Gesetzes zu forschen und seinen Wortlaut auf eine, nach seiner Ansicht der Wahrheit mehr entsprechende, Weise zu deuten.«[64])

---

[64]) וזה הדרך יראה אמתי ונכון . . . . . . כי מי שיודע האמת ומתכוין
להכחישו הוא מכת הרשעים שאין ראוי לקבל אותם בתשובה אבל מי שאינו
מתכוין למרוד ולא לנטות מדרך האמת ולא לכפור ממה שבא בתורה ולא

Bezüglich aller anderen Glaubensgrundsätze, der Scho-
raschim wie der Anaphim, greift also folgende Bestimmung
Platz: Wer Etwas behauptet und an der Wahrheit dieser
Behauptung festhält, ob es ihm auch evident ist, dass der
Inhalt der Lehre mit dieser Behauptung durchaus nicht in
Einklang zu bringen ist, der ist ein Ketzer. Denn, nach
seiner Behauptung müsste die Lehre eine Unwahrheit zum
Inhalte haben, wodurch ihre Göttlichkeit aufgehoben wäre,
und wer die Existenz eines göttlichen Gesetzes negirt, ver-
fällt der Ketzerei. Wer jedoch den religiösen Prämissen entgegengesetzte philosophische Grundsätze hat,
glaubt es aber auch beweisen zu können, dass diese Prämissen nicht nothwendig zum Inhalte der Lehre gehören,
der hebt damit noch nicht die Existenz einer göttlichen
Lehre auf und ist also kein Ketzer. Abschnitt I, c. 2, am
Anfange, sagt er: »Jeder Jude ist verpflichtet, an die
volle Wahrheit der ganzen Thorah zu glauben, und wer
Etwas von ihrem Inhalte leugnet, ob er auch weiss,
dass dies der Sinn der Lehre ist, der ist ein Ketzer.
Wer jedoch an der Mosaischen Lehre festhält und
an ihre Grundsätze glaubt, nach philosophischer
Forschung und vernünftiger Schriftauslegung aber
sich geneigt fühlt, einen ihrer Grundsätze anders, als nach der ersten Betrachtung, aufzu-
fassen, oder gar sich bewogen fühlt, einen Grundsatz zu
leugnen, indem er denkt, es sei nicht evident, dass die
Lehre es nothwendig erheische, an ihn zu glauben . . . der
ist noch kein Ketzer.«[65]

להכחיש הקבלה אלא לפרש הפסוקים לפי דעתו א״עפ שיפרש אותם בחלוף
האמת אינו מין ולא כופר חלילה . . . . . ומכאן הותר לכל חכם לב לחקור
בעקרי הדת ולפרש הפסוקים בדרך מסכים אל האמת לפי דעתו.
[65] ומה שראוי שנאמר בזה . . . . . הוא כי כל איש ישראל חייב להאמין
שכל מה שבא בתורה הוא אמת גמור ומי שכופר בשום דבר ממה שנמצא בתורה
עם היותו יודע שזהו דעת התורה נקרא כופר . . . . והוא בכלל האומר
אין תורה מן השמים. אבל מי שהוא מחזיק בתורת משה ויאמין בעקריה וכשבא

Wir sehen also hieraus, welch ein weites Feld Albo der Speculation auf religiösem Gebiete eröffnete; wie er ihr gestattete, über die Lebensfragen der Religion zu entscheiden. Was bis dahin mit Recht das wichtigste und heiligste Dogma war, woran der geringste Zweifel schon zum Ketzer stempelte, auch daran darf die Philosophie sich wagen, ihre unerbittliche Kritik zu üben. Hatte doch Albo, wie wir gesehen haben, den Muth, den kühnsten Schritt zu thun, den je ein Religionsphilosoph gethan, die Cardinalpunkte der jüdischen Religion, Einheit und Unkörperlichkeit Gottes, sowie das Axiom aller Religionen, die Unendlichkeit Gottes, in das Reich der Speculation hinüberzutragen. Freilich konnte er als Religionsphilosoph dies nur unter dem Vorbehalte der Uebereinstimmung der speculativen Resultate mit dem göttlichen Gesetze billigen, dadurch aber, dass er auch die vom Hergebrachten abweichende Deutung zuliess, nahm er demselben den dogmatischen Charakter und brachte so Bewegung in das starre Element der Schriftauslegung.

לחקור על זה מצד השכל והבנת הפסוקים הטהו העיון לומר שאחר מן העקרים הוא על דרך אחרת ולא כפי המובן בתחלת הדעת או הטהו העיון להכחיש העקר ההוא להיותו חושב שאיננו דעת ברי תכריח התורה להאמינו . . . . אין זה כופר.

Natürlich meint Albo hier nicht unter dem Worte »Jkkarim« die später von ihm damit vorzugsweise bezeichneten drei Grundprincipien, ohne deren Annahme eine geoffenbarte Religion nicht denkbar ist, er versteht hier darunter die von ihm später benannten Schoraschim.

Freund's Druckerei in Breslau.

Von demselben Verfasser sind erschienen und durch
Bruno Heidenfeld, Junkernstrasse 35, zu beziehen:

Israels Freiheit. Predigt, gehalten am שַׁבַּת חֹול וּמֹועֵד שֶׁל סֻכֹּות
in der Synagoge zu Freistadtl a. d. Waag. (20 S.)
Preis 3 Sgr.

מְעִיל קָטֹן אשר עֲטִיתִי לָשֶׁרֶת בְּהֵיכַל הַמְּלִיצָה בְּיֹום מֹות אִמִּי זִ"ל.

Ein Reislein, gepflanzt in den Dichtergarten Jacob's.
5 Sgr.

Worte, gesprochen am Grabe seines unvergesslichen Gross-
vaters Herrn Joseph Eisler, bei der Grabstein-
setzung am ersten Jahrestage seines Hinscheidens.
2 Sgr.

מַחְסֹום לְפִי הַנַּעַר מִכְתָב גָּלוּי אֶל הַמְחַבֵּר „נַעַר עִבְרִי" הַמְדַבֵּר „אֶל
הָעִוְרִים". 2 Sgr.

Freund's Druckerei in Breslau.